내 사랑 독도

독도 바위를 깨면 한국인의 피가 흐른다

수록 시인

강은교 고 은 고형렬 김광규 김규동 김남조 김소엽 김왕노
김종길 김종철 김종해 김후란 도종환 민 영 박정대 서규정
성찬경 신경림 신달자 오세영 오탁번 유안진 이가림 이건청
이근배 이기철 이선영 이성부 이수익 이승하 이태수 장석주
전윤호 정일근 정진규 조말선 조정권 천양희 최창균 편부경
함민복 홍윤숙 황금찬 허만하

내 사랑 독도
한국시인협회 편

•

초판 1쇄 발행일 2005년 4월 18일

•

지은이 · 강은교 외
펴낸이 · 김종해
펴낸곳 · 문학세계사

•

주소 · 서울시 마포구 신수동 345-5(121-110)
대표전화 · 702-1800
팩시밀리 · 702-0084
이메일 · mail@msp21.co.kr
www.msp21.co.kr
출판등록 · 제21-108호(1979.5.16)
값 8,000원

ISBN 89-7075-337-0   03810
ⓒ한국시인협회, 2005

＊이 시집은 우리은행의 독도 지킴이 기금 중 일부를 지원받아 제작했습니다.

내 사랑 독도

한국시인협회 편 | 강은교 외 시 | 김만규 그림

문학세계사

독도 바위를 깨면 한국인의 피가 흐른다

우리나라에 가장 먼저 아침햇살을 배달해 주는 섬이 독도다.
그 섬이 시인들의 가슴속으로 들어왔다.
시인들의 꿈과 사랑, 노래가 깃발처럼 독도 하늘에 펄럭인다.
섬은 시인들의 가슴에 불을 지피고 화산을 터뜨리기도 한다.
가만히 귀기울이면 독도 발밑에 엎드린 바다,
괭이갈매기마저 한국어로 소리친다.
시인들의 가슴속에 들어온 독도를
오늘 우리는 한 권의 시집으로 묶어 역사와 민족 앞에 바친다.
『내 사랑 독도』라는 이름으로──

2005년 4월
(사) 한국시인협회 회장 김 종 해

* 차 례

거기 있는 섬 하나
── 독도를 위하여

강　은　교

그리로 간다, 파도의 무릎에 엎디어

보아라,

저 수평선 가슴 한가운데서 얼싸안는

삼천三千 빗물, 삼천三千 산, 깊어지는 길들을, 아야아

강은교　1945년 함남 홍원에서 출생. 968년 《사상계》 신인문학상으로
등단. 한국문학작가상, 현대문학상 등 수상. 현재 동아대학교
교수. 시집 『허무집』『풀잎』『빈자일기』『등불 하나가 걸어오
네』 등과 산문집, 시화집, 번역서 등 다수가 있음.

독도에서

고 은

네 이름을 부르러 왔다
네 이름을 불러
세상 아득히
너의 천 년을 전하러 왔다

독도

동해 독도

고은 1933년 군산 출생. 1958년 《현대문학》으로 등단. 『문의마을에 가
서』 등의 시집과 소설, 평론 등 130권의 저서 간행. 자유실천문인
협의회 대표, 민족문학작가회의 의장 등 역임. 한국문학작가상,
만해 문학상 등 수상.

고도를 위하여
——독도

고 형 렬

너희들의 아름다운 시절은 너무 빨리 가는 것 같다.
시간에게 천천히 대하라, 눈도 마주보지 못한 채
밀치면서 가는가, 그러지 마라.
다시 돌아오지 못할 길이 고도는 마음 아파서란다.
아름다움은 갑자기 나타나 급속하게 소멸하고 말지.
그리하여 햇살과 청록의 고도는
가장 외로운 바람만 해양 위를 불어가게 한단다.
고도여, 고도여 절연의 고도여
부디, 우린 사랑하고 물결치며 살도록.
아름다운 것들은 돌아보지 않고 마구 가는 거구나!

고형렬 1954년 해남 출생, 속초 성장. 1979년 《현대문학》으로 등단. 시
집 『대청봉大青峯 수박밭』『해청海青』『성에꽃 눈부처』『김포
운호가든집에서』, 장시 『리틀 보이』, 장편산문 『은빛 물고기』,
동시집 『밥 들고 자는 언니』 등이 있음.

외로운 돌섬

김 광 규

엄마 배에 바싹 붙어
바다를 떠돌아 다녀도
어미의 몸 속으로 다시 들어갈 수 없는
아기 고래처럼
울릉도 근처를 떠도는 섬
엄마 섬에 딸린 아기 섬
때로는 관광객들 뒤에서 멋쩍게
사진 찍는 돌섬
동해바다에 멀리 떨어져
외로운 바위로 굳어버린 섬
짙푸른 수평선 저 너머
움직이지 못하는 넓은 땅에 갇혀
섬이 없는 나라도 많은데
하필이면 이 조그만 섬
아기 섬을 잡아먹을 듯
밤낮없이 동쪽에서 몰려오는
사나운 파도

그러나 돌섬에 부딪혀 헛되이
허옇게 부서질 뿐
아무리 오랜 세월 끝없이 몰려와도
바위섬 부수지 못하네
아무리 거센 바람 불어와도
흰 갈매기 그곳에 변함없이 살고 있네

김광규 1941년 서울 출생. 한양대 독문학 교수. 1975년《문학과 지성》으로 등단. 시집『우리를 적시는 마지막 꿈』『크낙산의 마음』『물길』『처음 만나던 때』 등과 영역시집, 산문집, 독문학 분야 저서와 번역서 다수. 김수영 문학상, 오늘의 작가상 등 수상.

꼭도 독도를 지나다

김 규 동

넘실거린다
파도
바다 한가운데
대한해협 끝머리
나 홀로
독도

눈
비바람
천지 뒤집는 태풍
집채만큼한 파도와도 싸웠지
혼자
나 독도

목도
메고 가는 조선 나그네
흰 바지

흰 저고리
흰 수건
수천 년 세월 가고
독도 나 여기 있다오

왜놈이
독도 탐이 나서
침탈의 흉계 꾸몄소
그러자
국토의 방방곡곡에서
항의 규탄 시위
불길같이 일어나니
나 독도
감격해서 울었다오

독도는 우리땅
독도

목도
꼭도
저승에서 온
서양시인 꼭도가
여기를 지나다
자기 이름 닮은
나를 두고
기이한 시
한 편 지었드랬소

대한해협에
억만 년의 등대 하나
오, 코리아
독도 꼭도,
꼭도 독도라는 시.

김규동 1925년 함북 종성에서 출생. 1948년《예술조선》지로 등단. 〈후
반기〉 모더니즘 동인(1951~53). 시집 『나비와 광장』, 시선집
『깨끗한 희망』, 산문집 『시인의 빈손』 등.

독도를 위하여

김 남 조

적막하다 적막하다고
우수의 역사 그 심연에서
습습하게 울려오는 독백의 안개
자욱하다

오천 년 한국사韓國史,
그 어른은
가물가물 솟아 있는 두 봉우리의 돌섬을
이 밤도 불면의 눈시울에
눈동자처럼 담으시느니

유구한 세월
사백팔십만 년 동안
뼈마디 앙상하게 서서 견딘
우리 국토
동쪽 끝 사람의 곧은 척추를 탐하여
이를 훔치려고 연신

문설주 흔드는 소리…

낭패로다
지나간 식민지의 치욕이
오늘의 화산 유황으로 끓어오르고
달군 강철판 같은 고뇌를
우리가 왜 다시금 맨가슴으로
껴안아야 하는가

독도여
동해 수평선 위에
수직의 거대한 바위로 서 있는
강직한 고독, 고독의 최고사령부여
날마다 심장 찢기고
밤마다 심장 아무는
프로메테우스의 초상화여

밤의 독도는
운무 속 수묵화이나
그 다음은 청명한 여명이며 아침
한사코 그리되게 하리
그 정기와 의연함
국토의 혼백이느니

아아 이리 늦게 사랑하는 사랑은
적막하구나 적막한 것이구나
동쪽 끝 사람이여
동쪽 끝 사람이여

김남조 대구에서 출생. 한국시인협회, 한국여성문학인회 회장 역임. 예술원 회원, 숙명여대 명예교수. 시집 『목숨』 『나무와 바람』 등 다수와 수필집들이 있음. 한국시인협회상, 서울시문화상, 대한민국문화예술상, 예술원상 등 수상.

독도에서 살으리 살으리랏다

김 소 엽

살으리 살으리랏다 나물 먹고 물 마시고
꽃들과 아름답게 독도에서 살으리랏다
괭이밥 고추나물 은조롱 달뿌리풀 애기기린초
까마중 바위수국 구절초 강아지풀 술패랭이꽃
민들레 방가지똥 참나리 박주가리 갯까치수염
조선의 맥박으로 자라는 우리나라 예쁜 꽃들과
살으리 살으리랏다 우리 고향 독도에서 살으리랏다

살으리 살으리랏다 신라 지증왕 13년
나라 위해 몸바친 용감한 두 형제가 펄펄 끓는 애국 충정
동해로 가더니 울릉도 동남쪽 92킬로 그 자리에 돌이 되
어서
하나는 동에 하나는 서에 은밀히 물밑으로 손잡고서
올망졸망 서른 여섯 자손을 거느리고
파도와 맞서며 굳건히 나라를 지켜온 우리나라 막내둥이
울릉군 울릉읍 독도리 산 1의 37, 우산국의 군도群島 되어
석도石島가 되어버린 너 독도獨島 여!

우리의 천오백 년 핏줄이여!

애국충절 천오백 년 노래하며 해송되어 살으리랏다
나무들과 변함없이 삼천리반도 강산 독도에서 지키며 살
으리랏다
섬참새 직박구리 동박새 진홍가슴 알락할미새
방울새 황조롱이 재갈매기 바다제비 괭이갈매기
우리나라 새들도 독도를 지키느니
파도가 몰아쳐도 외롭지 않네

역사가 뒤바뀌어도 무섭지 않네
우리의 오천 년 혈육이여!

살으리 살으리랏다 나는 죽어서라도 바위로 굳어져서
조선의 울타리 되어
동해 깊숙이 두 다리 뻗고 든든히 섰나니
누구랴 나를 들어 지구를 옮겨 지도를 바꾸겠느냐
곤충 한 마리까지도 조선을 지키며 밤을 지새우나니
저 풀벌레 소리가 부끄럽지 아니하냐
먼지벌레 하나까지도 별을 보며 등불을 비추는데

칠성무당벌레 황주매미충 꼬마긴노린재 검정수시렁이
모두 나와서 눈을 밝혀 밤을 지키는데
누가 감히 우리나라 동쪽 끝 독도를 탐하는가

살으리 살으리랏다 청정한 바람 깨끗한 물 마시고
별빛 온몸으로 받아내리며
천만 년 살면서 해동성국 우리나라 지키리라
변치 않는 우산도 바위섬 돌섬 독섬 독도가 되어서
동해를 지켜 자랑스런 우산국의 수장이 되리라
천만 년 자자손손 조선의 밝은 아침 동해를 지키며
영혼의 등대되어 이 세상 끝날까지
내 고향 독도에서 살으리 살으리랏다

김소엽 충남 논산 출생. 1978년《한국문학》으로 등단. 시집『그대는 별
로 뜨고』『지금 우리는 사랑이 서툴지만』『어느날의 고백』『마
음속에 뜬 별』등이 있음. 호서대학교 교수.

독 도

김 왕 노

　파도가 일었다. 그리움 너무 차고 깊어 청정해역인데 어
디 먼 바다에서도 그리움이 미친 듯 말달리는지 그리움이
수면을 탁탁 치며 산란하는지 어제도 갈매기울음 오늘도
갈매기울음 어제도 뱃고동 오늘도 뱃고동 파도가 일었다.
뭉게구름 소리없이 피어나는데 바람 한 점 없는데 어제도
파도 오늘도 파도 파도

김왕노　포항 출생. 1992년 《매일신문》 신춘문예 시 당선으로 등단. 시
　　　집 『슬픔도 진화한다』, 6인시집 『황금을 만드는 임금과 새를 만
　　　드는 시인』이 있음. 한국해양문학대상 수상. 〈글발〉 동인.

오롯이 홀로 솟아
―독도를 부르며

김 종 길

동해 수평선 위에 오롯이 홀로 솟아
한시도 쉴새없이 파도에 할키우고
바람에 깎이우면서도 아침이면,

이 나라의 첫 햇살을 이마로 받들었으니,
아침마다 떠오르는 우리의 아침해엔
정녕 네 모습도 함께 이글거리리!

네 비록 작은 바위섬일지라도
봄이면 뭍으로부터 와자지껄
괭이갈매기 떼 돌아오고,

물기슭엔 물개들도 어슬렁거리고,
양지짝 바위 모서리엔 이름 모를
풀꽃들도 피어나는 것이니,

풍요로운 물밑은 덮어두고라도,

앙상한 채로 너는 뭇생명을 거느린
이 나라 국토의 분신임이 분명하고나!

그것만이 아니다. 너는 바로 수천 년 동안
풍랑에 시달려 온 이 나라 역사의 축도!
오늘 아침에도 저 망망한 푸른 물결 위에

오롯이 홀로 솟아 외쳐대고 있다.
또 하루의 풍랑이 시작되었다고,
또 하루 의연히 풍랑에 맞서 싸우라고!

김종길   1926년 안동 출생. 1947년 《경향신문》 신춘문예로 등단. 시집
『성탄제』, 시론집 『시론』, 역시집 『20세기 영시선』, 영역 한국 한
시선 『Slow Chrysanthemums』이 다수. 한국시인협회장 역임.

독도는 슬프다

김 종 철

독도는 슬프다
홀로 잠을 이루지 못해 더욱 슬프다
밤마다 눈뜬 슬픔의 뱃머리들이
접안을 꿈꾸며 높은 파도를 타고

외따로이 묵상하는 너는 용서의 섬이다
먼 바다를 날으는 새들의
바다 시계時計다
일출과 일몰이 함께하는 섬
풍랑이 바람 되고
바람이 괭이갈매기 되어
흰 눈처럼 날으는 섬
단 한 번도 몸을 허락하지 않은
눈물방울 같은, 그래서 독도는 더욱 슬프다

김종철　부산 출생. 1968년 《한국일보》, 《서울신문》 신춘문예로 등단. 정
지용 문학상, 편운 문학상, 윤동주 문학상 등 수상. 시집으로는
『서울의 유서』『못에 관한 명상』『등신불 시편』 등이 있음.

독도여, 함께 가자

김 종 해

1905년 을사늑약乙巳勒約을 우리는 잊을 수가 없다.
강도 일본의 군국주의는 우리 국권을 도적질했고
우리 땅과 바다, 산하를 훔쳤다.
독도를 저희 일본땅 다케시마竹島로
강제 편입시킨 것은 1905년,
시마네현縣 말마따나
100년이 되었다.
그 100년 동안 우리는 악몽에 시달렸다.
식민지의 어둠 속에 부조된 전범戰犯들의 얼굴을
우리는 잊지 못한다.
죽는 날까지 백배 사죄해도 풀리지 않을
식민지의 암흑을 우리는
우리 정신사에서 지울 수 없다.
8 · 15 광복과 함께 돌려받은 영토
독도와 독도 주변의 바다를 건드리지 마라
섬과 섬 사이를 떼지어 나는
괭이갈매기마저 울부짖는다.

남의 섬, 남의 바다를 또 한번
제것인 양 훔치려 하는 자
더 이상 군국주의의 야욕을 드러내지 마라
평화를 사랑하고, 정의를 존중하는
세계의 모든 사람과 함께
오늘 우리는 노래한다.
독도여, 너는 이제 혼자가 아니다.
독도여, 함께 가자.

김종해 1941년 부산 출생. 1963년《자유문학》및《경향신문》신춘문예
당선으로 등단. 현대문학상, 한국문학작가상, 한국시협상 등 수
상. 시집『항해일지』『별똥별』『풀』등. 현재 한국시인협회 회
장, 문학세계사 대표, 계간 시 전문지《시인세계》발행인.

독도는 깨어 있다

김 후 란

영원한 아침이여
푸른 바다여
몇 억 광년 달려온
빛의 날개가
어둠을 밀어내는 크나큰 힘이 되고
빛을 영접하는 손길이
미래의 문을 연다

시간의 물살이 파도치는
동해 짙푸른 물결
오늘 우리
섭리를 밝히려
이곳에 모였나니
독도의 돌, 나무, 풀 한 포기조차
어둠 속에도 결코 잠들지 않았다

독도는 깨어 있다

조국의 수문장이라 외치고 있다

아득한 천년 전 신라 때에도
이미 독도는 우리 땅이었다

마음이 넉넉한 겨레의 초연한 의지로
아름답게
당당하게
거센 바람 회오리치는 파도를 딛고
울릉도와 더불어
조국을 지켜왔다

저 백두산에서 제주 한라산까지
한 흐름으로 내닫는
조국의 맥이 용솟음친다

우리는 독도에 등대를 세우고

불 밝혀 난파선을 돌보았다
한류와 난류가 교차하는 이 수성水城에
모든 어족이 몰려들고

나는 바닷새가 정다이 인사한다
그 어느 때도 우리는 문패를 바꾸지 않았다

역사는 정직하다
누가 기웃대는가
역사는 증언한다
누가 거역하는가
어리석은 탐욕의 노를 꺾으리
진노하여 바람도 일어서리라

독도. 예리한 눈빛 청청히
오늘도 조국을 지키는 불사조여
이 땅을 지키는 의로운 사람들이여

천 년 세월이
영원으로 이어지게
겨레의 자존으로 지켜가리라
겨레의 자존으로 지켜가리라

김후란 1934년 서울 출생. 한국여성문학인회 고문. 자연을 사랑하는 문
학의 집, 서울 이사장. 생명의 숲 국민운동 이사장. 현대문학상,
월탄문학상, 한국문학상, 서울시문화상 수상. 시집 『장도와 장
미』 『어떤 파도』 『우수의 바람』 『서울의 새벽』 등 9권.

독 도

도 종 환

우리에게 역사 있기를 기다리며
수백만 년 저리디저린 외로움 안고 살아온 섬
동도가 서도에 아침 그림자를 누이고
서도가 동도에게 저녁 달빛 나누어 주며
그렇게 저희끼리 다독이며 살아온 섬

촛대바위가 폭풍을 견디면 장군바위도 파도를 이기고
벼랑의 풀들이 빗줄기 받아
그 중 거센 것을 안으로 삭여내면
바닷가 바위들 형제처럼 어깨를 겯고 눈보라에 맞서며
망망대해 한가운데서 서로를 지켜온 섬

땅채송화 해국 술패랭이 이런 꽃의 씨앗처럼
세상 욕심 다 버린 것
외로움이란 외로움 다 이길 수 있는 것들만
폭풍우의 등을 타고 오거나
바다 건너 날아와 꽃 피는 섬

사람 많은 대처에선 볼 수 없게 된 지 오래된
녹색비둘기 한 쌍 몰래 날아와 둥지 틀다 가거나
바다 깊은 곳에서
외로움이 아름다움으로 빛나는 해조류 떼가
저희끼리 손끝을 간질이며 모여 사는 곳

그런 걸 아는 사람 몇몇 바다 건너와 물질하며 살거나
백두산 버금가는 가슴으로 용솟음치며
이 나라 역사와 함께 해온 섬
홀로 맨 끝에 선다는 것이 얼마나 가슴 시린 일인지
고고하게 사는 일이 얼마나 눈물겨운 일인지 알게 하는
섬

아, 독도

도종환 1954년 청주 출생. 충남대학원 박사과정 수료. 제8회 신동엽
창작기금, 제7회 민족예술상 등 수상. 시집 『고두미 마을에서』
『접시꽃 당신』『부드러운 직선』『슬픔의 뿌리』등.

독 도

민   영

그 섬이
언제부터 거기에 있었던가?

신라 문무왕
동해의 용왕이 된 그 임금 이전부터,
혁거세와 동명성왕
아사달에 도읍을 정한 단군 왕검
그 이전부터,
하늘과 땅이 처음 열리고
해와 달이 눈부시게 빛날 때부터
그 섬은 여기에 있었다.

백두의 큰 줄기 힘차게 뻗어내려
붓끝으로 삐쳐 올라간 반도의 부리
해맞이 마을 영일만에서
고래잡이로 살아가던 한 사내가 바다 저편에서 밀려오는
사악한 힘을 물리치기 위해
수자리 떠나온 지도 아득한 세월.

그 씩씩하고 날렵한 젊은이
외롭지만 의로운 사나이가
꽃 같은 새댁 뭍에다 두고
조국의 방패 되어

이 섬으로 다려온 지도 반백 년!

밤하늘에 먹구름 깔리고
거센 파도 바위에 몰아칠 때마다
두 눈 똑바로 뜨고
수평선 너머를 노려보면서
게 누구냐, 썩 물러가지 못할까?
눈보라 속에 치켜든 의지의 횃불

독도는 우리 땅이다!

민영 1934년 강원도 철원 출생. 1959년 《현대문학》으로 등단. 만해문
학상 등 수상. 시집 『단장斷章』『용인 지나는 길에』『엉겅퀴꽃』
『바람 부는 날』 등. 현재 민족문학작가회의 고문.

독도에게

박　정　대

깊은 대낮이야

혹백 영화처럼 아주 어두운 대낮이야, 해가 나지 않는,
쓸쓸한 안개 속에 있는 대낮이야, 그 대낮 속을 유령처럼
배회하는 내 마음이 지금 깊은 대낮이야

넌 지금 무엇 하니? 지금 내가 있는 이곳은 안개에 뒤덮
인 낯선 행성 같아, 이 낯선 행성 속에서 담배를 피우고 담
배를 피우다 끄고, 문득 네 생각을 하곤 해, 네 머리 위로
흘러가는 뭉게구름의 시간과 네 옆구리를 따라 바다 속으
로 흘러가버린 깊은 산맥의 시간을 생각하곤 해

깊은 대낮이야

지금 내가 있는 이곳은 대낮에도 추억의 유성들이 날아
와 폭발하며 터지는 고독의 행성이야, 솔리티드 솔라리스
야, 이 아득한 행성에서 나는 단 하나의 희망처럼 기원처럼
너의 이름을 불러본다, 독도야

아 여기는 대낮에도 가끔 추억의 별들이 보이는 어두운
솔라리스의 시간이야

그러나 너를 생각하면 환한 등불의 시간이 오지, 검푸른
물결 위에 떠 있는 서른네 개의 행성들

깊은 대낮이야
너에게 편지를 쓰면서 고요히 너의 이름을 부르고 있어,
난 너의 이름이 참 좋아, 네 이름을 생각하면 네 목소리, 네
눈동자, 네 사소한 몸짓들이 떠올라, 그런 것들이 떠오르면
네가 그리워

깊은 대낮이야
여기는 솔리티드 솔라리스야
안개에 점령당한 식민의 오후야
인기척이 그리운 사막 같은 대낮이야

깊은 대낮이야

이 쓸쓸하고 황량한 고독의 행성에서 나는, 네가 보고 싶어, 네 머리 위로 흘러가는 460만 년 동안의 뭉게구름들이 보고 싶어, 어두운 안개의 숲 저편으로 최초의 희망 같은, 최후의 기원 같은 한 통의 생의 엽서를 띄운다, 돌섬아, 그리운 행성아

박정대 1965년 강원 정선 출생. 1990년 《문학사상》으로 등단. 김수영 문학상, 소월시문학상 등 수상. 시집 『단편들』 『내 청춘의 격렬 비열도엔 아직도 음악 같은 눈이 내리지』 『아무르 기타』가 있음.

섬은 역사 속에서 솟아오른다

서 규 정

　남의 결혼식장에 뚜벅뚜벅 신랑 대신 입장하는 미친 녀
석도
　그런 뻔뻔스런 짓은 안 한다
　이성도 좋고 외교도 좋고 친구도 좋다마는, 우리 섬 독도
를 걸고
　고스톱을 치자는 것이냐
　일본 왕이 본토를 걸고 내기를 걸어오더라도
　잃으면, 가리* 하고 일어설 가리 고스톱을 누가 치겠니

　얼마 전 TV토론에 나온 산께이 신문 서울 주재 기자는
　패널로 나온 대학 교수가 독도가 어느 나라 땅이냐고 묻
자
　한국 쪽에서 보면 독도가 독도이고
　일본 쪽에서 보면 다케시마가 다케시마라고 말할 수밖에
없다고 하자
　울릉도 옆 어딘가에 대나무가 많은 섬이 있어
　죽도竹島가 바로 그 다케시마 아니냐고 받아치던 말은 맞다

섬은 역사 속에서 솟아오른다

얼른 죽도를 찾아 다케시마로 가져가거라

남의 나라를 침탈하다, 두 손 번쩍 든

항복은 항복으로 영원한 것이어야 한다, 말하진 않으마

그대들의 취미와 특기는 발뺌뿐이다, 비웃지도 않겠다

대나무는 빠개져도 대쪽이다, 오히려 위로라도 해줄 테
니

대나무나 몇 쪽 주워 가거라

독도 위를 나는 새들이 하얀 똥을 도포자락으로 깔기 전
에

속에서 올라오는 육자배기 한 자락 먼저 깔아야 쓰겠다

시방 어디서 또!

* 가리 : 준다 준다 하면서 주지 않는 외상

서규정 1949년 전북 완주 출생. 1991년 《경향신문》 신춘문예로 등단.
    시집 『겨울 수선』 외 3권.

독도의 노래

성 찬 경

짙은
안개 속에서도
별들만이 반짝이는 캄캄한 밤중에도
동해의 동단에서 말없이 나라 지키는
한국의 오른손 새끼손가락.
유구한 지난 세월처럼 앞으로도 무궁세
미동도 않는 자세로 우뚝 솟은 파수병
독도.

미쁜

모습 독도. 독도의 하늘이 청명할 때
세계의 하늘이 청명하다. 독도의 파도가 높을 때
풍랑이 온 세계에 퍼진다. 7천만 겨레의 7천만 그루
보이지 않는 염원의 나무 자라는 미쁜 보석
독도.

성찬경 1930년 충남 예산에서 출생. 1956년 《문학예술》지로 등단. 전
성균관대 영문과 교수. 전 한국시인협회장. 현 대한민국예술원
회원. 한국시인협회상, 서울시문화상(문학부분) 등 수상. 시집
『반투명』『묵극』 등이 있음.

너 아름다워 이 땅이 온통 아름다우니

신 경 림

국토에서 멀리 떨어져 홀로 있어도
늘 우리들 가슴 한복판에 있는

높은 파도와 모진 바람에 맞서면서
영원한 그리움이고
안타까움이면서

하늘에 펄럭이는 깃발이고
산과 들을 내달리는 함성인

일상에 찌든 우리들 등줄기를 후려치는
맵고도 아름다운 채찍인

국토란 무엇인가
조국은 무엇인가
다시금 생각하게 하는

너 평화로워 나라 두루 평화롭고
너 행복하여 우리들 모두 행복하고
너 아름다워 이 땅이 온통 아름다운

우리들의 사랑
우리들의 꿈

신경림　1935년 충북 충주 출생. 1955년 《문학예술》지로 등단. 만해문학
　　　　상, 한국문학작가상, 이산문학상 등을 수상. 동국대학교 석좌교
　　　　수. 시집으로는 『농무』 『새재』 『남한강』 등이 있음.

독도여 우리들의 혼이여!

신 달 자

독도의 몸을 만져보아라
한국의 질박한 황토 살결이 따뜻이 만져지리라
독도의 입술과 배꼽에
서둘러 입술을 대어 봐라
한국의 들끓는 역사의 숨결이 온몸에 퍼져 오리라
들어라
독도는 그대 섬나라가 기지개를 켜다 기우뚱
벗겨나간 신발이 아니다
대한민국이 견고히 내린 수세기 단단한
정신의 뿌리이니
찾지 말아라 독도는 우리의 가슴
우리의 영혼
그래 우리 몸 중의 몸이니

저 독도의 거센 물결들을 봐라
아득한 수심 깊은 곳에서 솟구쳐 오르는
저 물결들 겹겹의 메아리를 들어라

독도는 한국의 또 하나 심장이라고
흐르며 외치는 저 물결들의 함성을 들어라
독도는 오늘도 숨차게 독도를 몸 안에 담고
대한민국의 독도를 낳아 기르며
대한민국의 섬들을 아우르며 기르며
한국의 가슴을 늠름히 아우르며 넓히며
한국의 영혼을 온몸으로 새기고 있다
한국의 피를 키우고 있다
역사의 자식을 키우고 있다
들어라
독도는 다케시마가 아니다
독도는 다케시마가 아니다
독도는 또 다른 한국의 영원한 이름이다!

신달자 경남 거창 출생. 1972년 《현대문학》으로 등단. 대한민국문학상,
시와시학상, 한국시인협회상 등 수상. 현재 명지전문대학 문예
창작과 교수, 한국시인협회 기획위원장. 시집 『봉헌문자』 『겨울
축제』 『아가』 『아버지의 빛』 등이 있다.

독도에게

오 세 영

비바람 몰아치고 태풍이 불 때마다
안부가 걱정되었다.
아등바등 사는 고향, 비좁은 산천이 싫어서
일찍이 뛰쳐나가 대처에 뿌리를 내린 삶
내 기특한 혈육아,
어떤 시인은 너를 일러 국토의 막내라 하였거니

황망한 바다 먼 수평선 너머
풍랑에 씻기우는 한낱 외로운 바위섬처럼
너 오늘도 세파에 시달리고 있구나.
내 아직 살기에 여력이 없고
네 또한 지금까지 항상 그래왔듯
그 누구의 도움도 바라지 않겠으나

내 어찌 너를 한시라도
잊을 수 있겠느냐.
눈보라 휘날리고 파도가 거칠어질 때마다
네 안부가 걱정되었다.
그러나
우리는 믿는다.
네 사는 그곳을
어떤 이는 태양이 새 날을 빚고
어떤 이는 무지개가 새 빛을 품는다 하거니
태양과 무지개의 나라에서 어찌
눈보라, 비바람이 잦지 않으리
동해 푸른 바다 멀리 홀로 떠 국토를 지키는 섬,
내 사랑하는 막내아우야.

오세영 전남 영광 출생. 서울대학교 문리과대학 졸업. 현재 서울대학교
        인문대학 교수. 1968년 《현대문학》으로 등단. 소월시문학상, 정
        지용문학상, 만해상 등 수상. 시집 『아메리카 시편』 『어리석은
        헤겔』 『벼랑의 꿈』 『적멸의 불빛』 등 다수의 저서가 있음.

독도는 독도다

오 탁 번

까치놀 깜박이며
먼 수평선 지워질 때
신라 천 년의 거북이
천만 마리가
한반도의 맨 동쪽 끝
독도의 하늘까지
무지개빛 다리를 놓고 있네

장삼이사 김지이지
한 삼천만 명쯤
구름처럼 몰려 나와
울릉군 독도리 암섬 수섬에서
뱃길 밝히는 등대 위에서
"독도는 독도다!"
소리치고 있네

화산암 틈에 낳은

바다제비 알에서도
물녘에 핀 괭이밥에서도
단군 할아버지가
흰 나룻 쓰다듬으며
"독도야 독도야"
맨 막내손자 부르고 있네

오탁번 1943년 충북 제천 출생. 1967년 《중앙일보》 신춘문예 당선으로
등단. 시집 『겨울강』 『1미터의 사랑』 『벙어리장갑』 등. 동서문
학상, 지용문학상, 한국시협상 등 수상. 고려대 교수. 계간 시 전
문지 《시안》 발행인.

한글가락이 파도치는 독도는 우리 땅

유 안 진

우리나라 대한민국大韓民國 삼천리반도의 막내 독도獨島
태평양 넓은 바다를 겁도 없이 달음질쳐 놀아
우리 독도가 뛰어노는 마당 태평양도 우리 동해
우리 독도 발자국 찍힌 그만큼 우리 바다
태초부터 하늘이 내리신 복동이 독도는 대한민국 땅
"동해물과 백두산이 마르고 닳도록~
하느님이 보우하사 우리나라 만세~"
여기 늘 파도소리 바람소리도 애국가 곡조
신라 지증왕 때부터 독도는 우리 국토
세계 각국의 옛날 지도 역사地圖 歷史가 증명하는 우리 땅

파도, 바람, 물새도 기역 니은 디귿 리을…로
한글노래 부르는 시인들의 섬 우리 독도는
대나무가 없는데 어찌써 죽도 다케시마라는가
어거지로 떼쓰고 우격다짐으로 오만 교활로
꾀 쓴다고 피와 혼이 바뀔 순 없느니
36년 지난 세월 잔인 무도했던 큰 잘못을 깊이 뉘우치고

하늘에 양심에 국제사회에 부끄러운 줄 알진저
물러나 들어보라 파도와 바람도 한글의 음정音程
우리 한글의 전래곡조 3~4조의 동요조이니
여기 바다도 우리 동해 독도는 물론 한국땅이라네.

유안진 경북 안동 출생. 1967년 《현대문학》으로 등단. 정지용문학상,
월탄문학상, 한국펜문학상 등 수상. 시집 『달하』『구름의 딸이
요 바람의 연인이어라』『누이』『봄비 한주머니』 등이 있음. 현
재 서울대 교수.

반도의 야경꾼

— 시마네현 사람들에게

이 가 림

조그만큼이라도
양심의 우물이
아직 가슴 밑바닥에 남아 있는 자들이라면

독도가
처음의 처음부터
한 배腹에서 태어나
끝끝내 갈라설 수 없는
한 핏줄의 울릉도 형제임을
감히 아니라고
말하지 못할 것이다

의좋은 성채처럼
나란히 서서
잠들지 못하는 해협을 지키고 있는
반도의 야경꾼이여!

저 의젓한 어깨, 저 해맑은 이마
저 매서운 눈매의 조선 야경꾼을
대나무 한 그루 없는 섬인데도
다케시마竹島라 부르며
한사코 자기네 땅이라 우겨대는
염치없는 자들을
굳이 이웃이라고 말해야 하나

시마네島根현 어부들이
어쩌다 깡치잡이에 눈이 멀어
도둑고양이들처럼 몰래 스며들어
고작 열흘 남짓 발을 디뎌봤다 해서
독도라는 다부진 조선 이름이
리앙쿠르, 새섬新島, 다케시마 어쩌고 하는
수상쩍은 이름으로
슬쩍 뒤바뀔 수는 없는 법

너그러운 우리네 군자의 마음
함부로 흐트릴 수 없기에
바다에까지 옹졸하게
쇠울타리를 칠 생각은 없나니

겉으로 웃으며 속으로 칼을 빼어드는
엉큼한 이웃이여,
원적부原籍符에 엄연히 적혀 있는
우리 막내아들의 이름을
이제 더 이상 달리 부르지 마오

조그만큼이라도
양심의 우물이
아직 가슴 밑바닥에 남아 있는 자들이라면

이기림 1943년 출생. 1966년《동아일보》신춘문에 당선으로 등단. 시집
『빙하기』『유리창에 이마를 대고』『순간의 거울』『내 마음의 협
궤열차』 등이 있음. 정지용문학상, 편운문학상 등 수상. 현재 인
하대 불문과 교수.

안 보이는 거기 네가 있다

이 건 청

아이 하나 거기 있네,
순 한복 바지저고리에 대님도 얌전한
작은 아이 하나 거기 있네, 독도
수평선 너머, 그 너머에서
아버지 집 하마 젖을세라
어머니 방 하마 젖을세라
망망대해를 맨몸으로 막아선 섬,
두 손 들어 막아선 채
안 된다, 안 돼,
외세의 탐욕까지 혼자 막아 선
우리나라 작은 섬 하나 거기 있네.

수평선 너머 아득한 곳,
거센 파도 밖에다 너를 홀로 두고도
나 사는 일에만 골몰하였구나,
새벽에 일어나 모닝커피를 마시고,
개들에게 먹이를 주고,

70

차를 몰고 강의하러 가고
슬퍼하고, 외로워하고, 쓸쓸해하고,
전화를 받고, 컴퓨터를 켜면서,
너를 잊고 살았구나,
까아맣게 잊고 살았구나

거센 파도 밖에 섬 하나를 버려두고
수평선 밖 아득한 거리에 섬 하나를 홀로 두고
팽이갈매기들에게만 맡겨두고,
스쳐가는 가마우지들에게만 맡겨두고
봄, 여름, 가을, 겨울이 다 가도록
너를 잊고 살았구나.
아이야, 작은 아이야
태평양 거센 파도 홀로 막아선 아이야,
나는 지금, 부끄러운 손으로
파도에 젖은 네 손을 잡는다.
바닷바람에 지친 너를 두 팔로 감싸 안는다.

아버지의 집 하마 젖을세라
어머니의 방 하마 젖을세라
태평양 험한 파도
맨몸으로 가로막고 서 있는 섬,
안 보이는 곳에 네가 있다.
안 보이는 거기, 희미한 거기
네가 있다. 네가 있다.

이건청 경기 이천 출생. 1967년 《한국일보》 신춘문예로 등단. 시집 『석
    탄형성에 관한 관찰 기록』『해 지는 날의 짐승에게』『망초꽃 하
    나』『목마른 자는 잠들고』 등이 있음. 현대문학상, 한국시협상,
    녹원문학상 수상. 한양대 교수.

독도 만세

이 근 배

하늘의 일이었다
처음 백두대간을 빚고
해 뜨는 쪽으로 바다를 앉힐 때
날마다 태어나는 빛의 아들
두 손으로 받아 올리라고
여기 국토의 솟을대문 독도를 세운 것은

누억년 비, 바람 이겨내고
높은 파도 잠재우며
오직 한반도의 억센 뿌리
눈 부릅뜨고 지켜왔거니
이 홀로 우뚝 솟은 봉우리에
내 나라의 혼불이 타고 있구나

독도는 섬이 아니다
단군사직의 제단이다
광개토대왕의 성벽이다

바다의 용이 된 문무대왕의 뿔이다
불을 뿜는 충무공의 거북선이다
최익현이다, 안중근이다, 윤봉길이다
아니 오천 년 역사이다
칠천만 겨레이다

누가 함부로
이 성스러운 금표禁標를 넘보겠느냐
백두대간이 젖을 물려 키운 일본열도
먹을 것, 입을 것을 일러주고
말도 글도 가르쳤더니
먼 옛날부터 들고양이처럼 기어와서
우리 것을 빼앗고 훔치다가
끝내는 나라까지 삼키었던
그 죗값 치르기도 전에
어찌 간사한 혀를 널름거리는 것이냐

우리는 듣는다
바다 속 깊이 끓어오르는
용암의 소리를
오래 참아온 노여움이
마침내 불기둥으로 솟아오르려
몸부림치는 아우성을
오냐! 한 발짝만 더 나서라
이제 독도는 활화산이 되어
일본 열도를 침몰시키리라
아예 침략자의 종말을 보여주리라

그렇다
독도는 사랑이고 평화이고 자유이다
오늘 우리 목을 놓아 독도 만세를 부르자
내 국토의 살 한점 피 한방울도
함부로 건드리지 못하게
서로 얼싸 부둥켜안고

영원한 독도선언을 외치자
하늘도 땅도 바다도 목청을 여는
독도 만세를 부르자

이근배 1940년 충남 당진 출생. 1961년부터 1964년 사이 경향, 조선, 동
아 등 신춘문예 당선으로 등단. 한국시인협회 회장 등 역임. 한
국문학작가상, 중앙시조대상 등 수상. 시집 『노래여 노래여』
『사람들이 새가 되고 싶은 까닭을 안다』 등이 있다.

소년 독도

이 기 철

엄마가 새로 사 온 때때옷 갈아 입으며
좋아라 뛰는 막내둥이 독도여
외가에서 돌아오다 엄마 떨어져
해지는 줄도 모르고 물장구 치며 혼자 노는 독도여
가까운 듯 멀리서 눈이 짓무르도록 바라만 보았던
반짝이는 두 캐럿 국토의 보석이여
만년 소년인 동도와 서도여
나는 오늘 만 이랑 물결에 몸을 씻고
모국어로 전하는 너의 말을 듣는다
그 말을 들으려고 뱃길 천리 마다 않고
물결 헤쳐 달려왔다
'나는 대한민국의 막내둥이' 라고
'나는 어머니 나라를 그리워한다' 고
세 살난 손주같이 손등으로 눈물 훔치며
울먹이는 너의 말을 가슴으로 듣는다
오징어 다랑어 참치들이 몰려와 너의 친구 되어줄 때
비로소 울음 그치고 작은 가슴에 와 안기는

내 아이처럼 따뜻한 체온이여

내 오늘 떠나고 나면 언제 다시 만날지 몰라

돌아 돌아 보는 나의 마음

그리웠던 막내둥이 조국의 혈육이여

사랑하는 소년 독도여

나 떠나도 울지 마라

너의 등뒤에는 경상북도가 있으니, 아니

너의 등뒤에는 대한민국이 가슴 펴고 있으니

이기철   경남 거창 출생. 1972년《현대문학》으로 등단. 대구시인협회장
        역임. 현재 영남대 교수. 시집『청산행』『유리의 나날』『가장 따
        뜻한 책』등 11권이 있다. 김수영문학상, 시와시학상, 최계락문
        학상 등 수상.

독 도

이 선 영

누군가는 너를 외따로 있는 섬이라고 한다
아무도 너의 비경秘境을 들여다본 적이 없다고 한다
누군가는 너를 퉁그렁 퉁그렁 대나무 부딪치는 소리만
들려오는 섬이라고 한다
그러나 너를 부르는 이름들은 내겐 단지 풍문일 뿐
나는 너의 진짜 이름을 알 수가 없다
네가 듣고 싶어하는 너의 이름
나에게 너는 늘 같은 거리에 있지만
늘 움직이는 섬이다
나에게 너는 늘 거기에 있지만
늘 나를 떠나려고 하는 섬이다

그래서 한 조각 단단한 내륙으로 붙박힌 내가
출렁이도록 바다를 삼키려 하나 보다
네 밑을 흐르는 분루憤淚의 바다

이선영 1964년 서울 출생. 1990년 《현대시학》을 통해 등단. 〈21세기 ·
    전망〉 동인. 시집 『오, 가엾은 비눗갑들』 『평범에 바치다』 등.

우리 모두의 가슴에 품고 있는

이   성   부

가없는 동해 한 점으로 솟아
북풍한설에 부대끼고 닳고 혼자 빛나는 것이
꼭 우리나라 시와 같습니다 나의 삶도 그렇듯이
외로움이란 그리움 먹고 사는 짐승이지요
안 보이는 바다 아래로
훨씬 더 넓고 크고 깊은 뿌리 자라고 있듯이
우리나라 사람들 가슴마다
이리 넉넉한 그리움 품고 살지 않습니까
섬 하나 외로워 보이지만
뜨거운 불길 결코 터뜨리지 않고
안으로만 응결된 몸이므로 끝내 만만하지 않습니다
보이지 않는 아래로 희망이 살아 꿈틀거리는
섬 하나 있습니다
우리 모두의 가슴에 품고 있는

이성부   전남 광주 출생. 1962년 《현대문학》으로 등단. 시집 『이성부 시
집』『우리들의 양식』『백제행』『전야』『빈산 뒤에 두고』『야간산
행』『지리산』『작은 산이 큰 산을 가린다』 등.

나의 조그만 사랑으로

이 수 익

오늘은 내 왔다,
시린 고독의 뼈 파도에 씻고 있는
너, 눈물겨운 혈육의 몸을 만지려고
수백 리 물길을 건너 이렇게 왔다.

온몸이 바위투성이가 아니면
이 절해고도의 외로움을 어찌 견디랴,
두 개의 돌섬과 서른여섯 개의 암초로
제 스스로를 이겨내는 결연한 몸짓이
시퍼런 바다 위에 칼날처럼 서 있구나.

진작 왔어야 했다, 와서
우리 가슴 밑바닥에 뿌리 내려 뒤엉킨
너를 향한 오랜 그리움과 안타까움을
이곳 거친 화산암 바윗돌에 문질렀어야 했다.
그랬어야만 했다.

오, 너는
떠나 있어도 결코 영원히 떠날 수 없는
우리의 마지막 혈육, 독도!

너를 안으려 왔다, 오늘
태평양 거친 물살을 가슴으로 받아내며
국토의 동쪽 끝을 지키는 너의 크나큰 복무에
나의 조그만 사랑을 바치려고,
우리 또한 잊지 않고 너를 지키고 있음을 네게
네게 보여 주려고.

이수익   1942년 경남 함안 출생. 1963년 《서울신문》 신춘문예로 등단.
현대문학상 등 수상. 시집 『눈부신 마음으로 사랑했던』, 시선집
『불과 얼음의 콘서트』 외 다수.

늘 혼자였던 섬

이 승 하

혼자 잠든 긴 밤들이 있었다
바람 소리 물결 소리 자장가 삼아
앓아도 혼자 앓았던 많은 밤들이 있었다

독도를 삼키려 하지 말아라
독도를 내 것이라 말하지 말아라

내 돌품에 뿌리내린 식물들이 알고 있다
내 돌머리에 깃든 새들이 알고 있다
내 돌밭에 기어다니는 바닷게들이 다 안다

나 혼자서
밤에는 동해 저 큰 바다 다스렸고
낮에는 저 뜨거운 태양과 싸웠었다

나는 오래 전부터 죽도가 아닌 독도
독도는 온전히 내 것이로다.

이승하 경북 의성 출생. 1984년 《중앙일보》 신춘문예로 등단. 중앙대학
교 문예창작과 교수. 시집 『사랑의 탐구』 『우리들의 유토피아』
『박수를 찾아서』 등과 시론집, 산문집 다수.

우리 독도에게

이 태 수

한 많은 한반도의 막내 섬,
아득한 예부터 여기 이렇게 떨어져 앉아
바위가 된 채, 바위보다 고고한 우리 독도여.
누가 뭐라고 왜곡해도, 바람 불고 파도가
높고 거칠어도, 오로지 옥빛 하늘 우러러,
바다 멀리 가슴을 열고 앉았다간 서서
아비에게도, 어미 섬 울릉도에조차
투정 한 번 할 줄 모르는 동도여, 서도여.

다정한 오누이같이, 사랑이 식지 않는 부부처럼
오랜 세월 그냥 그대로라도 얼마나 외로웠으며
할 말인들 끝 간 데 있겠니. 차마 입마저 없겠니.
마치 그 크기와 같은 하늘과 바다는 알고,
변함 없이 날아드는 바다제비, 슴새,
괭이갈매기들도 알 만큼은 알고 있으련만,
말을 해도 알아듣지 못하는 사람들 틈에서,
호시탐탐 옆구리를 건드리거나

복장 터지게 하는 나라, 그런 나라 사람들의
창궐하는 억지와 거짓말 때문에
오죽 숨통이 막히겠니. 참다 참다 그것도 유분수라
차라리 태어날 때처럼 온몸이 터지고 싶어
보이기까지 하겠니. 그렇게까지 보이게 하겠니.
일찍이 삼봉도라 불리고, 우산도, 가지도였다가
독섬, 돌섬이라 독도로 부른 지도 벌써 언제부턴데
코 큰 사람들의 리앙꾸르 암, 호네트 암은 몰라도
다케시마, 마쓰시마는 웬말인지. 도대체
무슨 날도둑 소리, 귀신 씨나락 까먹는 소리인지.
그 속사정을 검정꽃잎버섯, 보라솔맛그물버섯,
대청부채, 솔나리, 왜솜다리들도 잘 알고
노랑부리백로, 물범, 금개구리, 수달, 맹꽁이인들
왜 모르고 있으랴만, 시도 때도 없이 떼쓰는
나라 사람들아, 진정 하늘이 두렵지 않고
바다가 무섭지 않니. 독도에게 낯뜨겁지 않니.
한 많은 한반도의 막내 섬,

아득한 예부터 여기 이렇게 떨어져 앉아
바위가 된 채, 바위보다 고고한 우리 독도여.
하지만 네 곁엔 어미 섬 울릉도가 있고,
아비가 있다. 시마네현이 아니라 경상북도가
눈 뜨고 있으며, 한반도와 세계의 가슴, 한결같이
진실은 한 하늘, 한 바다에 퍼덕이고 있다.

이태수 1947년 경북 의성 출생. 1974년《현대문학》으로 등단. 시집 『그
림자의 그늘』『우울한 비상飛翔의 꿈』『내 마음의 풍란』 등이
있음. 대구시문화상, 동서문학상 등 수상. 현재 대구《매일신
문》논설주간, 대구한의대 겸임교수.

독 도

장 석 주

너는 바다 한가운데서 웅고한 음악이다
너는 바다 한가운데 펼쳐진 책이다
너는 바다가 피운 두 송이의 꽃봉오리다
너는 바다가 낳은 알이다

너의 눈동자에서 하늘이 나오고
너의 심장에서 파도가 나오고
너의 발가락에서 괭이갈매기가 날아오른다

동해의 바람과 물너울과 암초들에게
청도요 맷도요 괭이갈매기 재갈매기 큰재갈매기 흰갈매
기 바다쇠오리에게
토대황 갯개미자리 섬갯장대 큰비쑥 땅채송화 돌나물 괭
이밥 개사상자 해국에게
너는 태고의 젖을 물린다
그래서 동해의 바람과 물너울, 모든 조류와 풀들은
한글 자음과 모음을 써서 발음을 한다

독도여, 오늘 여기 와서 처음 알았다
너와 내가 같은 모계혈통임을
너의 DNA와 나의 DNA가 같다는 사실을

장석주 충남 논산에서 출생. 1975년 《월간문학》 신인상, 1979년 《조선일보》 신춘문예 당선으로 시인 · 작가 · 평론가로 문단 활동 시작. 시집으로 『물은 천 개의 눈동자를 갖고 있다』 등과 소설, 산문집 및 평론집 다수가 있음.

오늘도 독도에게

전 윤 호

너를 위한 내 마음도
오래 들끓다가
마침내 터지면
수천 미터 바다 속을 치고 올라갈까
서쪽을 바라보며
벼랑과 바위로 버티는 외골수
오백만 년 변하지 않는 섬이 될까
하늘과 바다 속에서
나를 바라보는
그러나 사랑은 아직 미완성이다
잠들지 않는 바람과
길을 막는 파도
우여곡절을 만들며
변심을 노리는 해적들
그러나 보이는 것보다
훨씬 깊은 곳에서
우린 지금

후회 없는 연애 중이다

전윤호 1964년 강원 정선 출생. 1991년 《현대문학》으로 등단. 시와시학
젊은시인상 수상. 시집 『이제 아내는 날 사랑하지 않는다』 『순수
의 시대』가 있음.

독 도

정 일 근

슬픔을 참으면 시가 되고
눈물을 참으면 노래가 되느니

조국의 시가 되고
국토의 노래가 되는
그대, 우리의 섬이여

그대 더 이상 조국의 막내가 아니라
잠들지 않는 첨병이려니
국토의 끝이 아니라
위정척사의 새로운 시작이려니

내 눈을 뽑아 너에게 주마
내 심장을 꺼내 너에게 주마

오늘은 시가 되지 말고
뜨겁게 분노하라

오늘은 노래가 되지 말고
활화산처럼 포효하라

정일근 경남 진해 출생. 1984년 《실천문학》과 1985년 《한국일보》 신춘
문예로 등단. 시집 『바다가 보이는 교실』 『유배지에서 보내는
정약용의 편지』 『그리운 곳으로 돌아보라』 『처용의 도시』 『경주
남산』 『마당으로 출근하는 시인』 등이 있음.

독도에 대하여

정 진 규

    독도가 실물實物로 내 안에 가득히 자리해 있는 걸 이제서야 알게 되었다 누구나 스스로 섬 하나씩을 지니고 있는 걸 알게 되었다 실물實物로 알게 되었다 평생 섬 하나씩 가꾸다 가는 걸 알게 되었다 독도는 우리 땅이라고 모두들 외치고 있지만 독도는 나의 땅이라고 나는 실물實物로 외친다 어제는 그곳의 괭이갈매기 한 마리와 직박구리 한 마리, 날개나리꽃 한 송이도 내 안에 찾아와 그게 맞다고 한참을 나와 놀다가 갔다 그들도 저마다 독도의 독도라고 실물實物로 말했다 내가 없으면 아무도 없다 알고 보면 모두가 하나씩의 독도들이다 세상은 독도들로 우글우글 가득 차 있다

정진규 1939년 경기 안성 출생. 1960년《동아일보》신춘문예로 등단. 한국시협상, 월탄문학상, 현대시학 작품상 등 수상. 한국시인협회 회장 역임. 월간 시전문지《현대시학》주간. 시집 『마른 수수깡의 평화』『연필로 쓰기』『몸시詩』『알시詩』『본색本色』등.

한 꽃송이

조 말 선

한 사람이
한 묶음 꽃다발을 안았는데
여기저기 산발한 섬처럼
꽃송이들이 허공에 떠 있는데
뱃길이 섬과 섬의 거리를 허물듯
향기가 경계를 허무는데
그 중에서 꽃대궁이 제일 긴 한 꽃송이
호기심이 많은 아이처럼 멀리 나간 한 꽃송이
허공중에 홀로 떠 있는 한 꽃송이
행인들이 깊숙이 마음을 기울이는 한 꽃송이
한 사람이
꼭 안고 있는 한 묶음 꽃다발

조말선 1998년 《부산일보》 신춘문예, 《현대시학》으로 등단. 현대시동인
상 수상. 시집 『매우 가벼운 담론』.

이제 독도를 섬이라 부르지 말라

조 정 권

시인들이 일손을 놓고 독도를 찾아온 것은
억조창생 때부터
한반도 동쪽 끝자락에 지심地心을 박아놓고 혈혈단신 맨
몸으로
우리 땅을 지키러 나간
맨주먹의 섬,
맨주먹의 사람이 쥐고 있는 뜨거운 깃발
그 뜨거운 돌을, 함께 쥐기 위해서이다.

독도는 억조창생 때부터 삭발한 채
지금도 단식 중이다.
보아라, 저 수천 수만 겹의 상감청자빛 파도, 뼈 속에 새
기며
풍화되어 가는 절벽과 용암들.
저 고고한 절벽과 용암들이
수천, 수억만 년을 서로 부둥켜안고 부축하며
단식하고 있는 현장,

그 뜨거운 현장에 모두 다 동참하기 위해서이다.

독도는 면벽 중이지만
아무도 면벽 중이라 말하지 않는다.
단식 중이지만
아무도 단식 중이라고 말하지 않는다.

이제 독도를 섬이라 부르지 말라.
독도는 억조창생 때부터 한반도 땅임을 증명하러 나간
맨 앞의 사람이다.
영원불멸의 맨 앞 사람이다.

조정권 1949년 서울 출생. 1970년 《현대시학》으로 등단. 시집 『산정묘
        지』『신성한 숲』 등 다수. 한국시협상, 김수영문학상, 소월시문
        학상, 현대문학상 등 수상. 현재 경희사이버대 문창과 석좌대우
        교수.

독도에 대한 생각

천 양 희

독립을 부르짖은 투사처럼
파도소리 하나로
우리의 정신을 깨우는 독도여
다가올 미래 앞에 홀로 선 독도여
터놓고 얘기할 곳 없어
그동안 하늘만 보았느냐
나도 하늘을 보고서야
내 마음에도 독도 하나 있는 걸 알았다
사람이 너무 많아
하늘을 잊은 듯 섬조차 잊었으나
멀리 있다고 멀기만 할까
세찬 물결 섬을 향해 달겨들 때
부서지는 것은 섬이 아니다
오늘은 쓰러졌다 일어서는 파도소리 빌려
33인 섬지킴이 선언문을 쓰면서
우리 모두 수비대가 되자
잘못된 길이 만든 지도* 하나 가져 보자

새장 안의 울새는
온 하늘을 분노케 하는 것이니

*강연호 시집 『잘못된 길이 지도를 만든다』에서 차용.

천양희 1942년 부산 출생. 이화여대 국문과 졸업. 1965년 《현대문학》으
로 등단. 소월시문학상, 현대문학상 수상. 시집 『마음의 수수밭』
『오래된 골목』 등.

내 나라 쌍봉낙타

최 창 균

내 나라,
토끼 닮았다
허리 잘린 토끼 닮았다
함부로 말하지 마라
이쯤에서
내 나라 말할 때
낙타 닮았다
아니 쌍봉낙타 닮았다 말하라
저 거대한 낙타머리 간도대륙 삼켜
동해 서해 남해 두 두루
삼천백십팔 낙타똥섬 떨군
쌍봉낙타라 말하라
내 나라 백두대간 등허리
천년만년 목마르지 않는 기름진 동해 담고
저 우뚝 선 울릉도, 독도
내 나라가 쌍봉낙타임을 말하지 않느냐
원래가 쌍봉낙타인

내 나라 몸에서 독도 찢는다고 찢어질까보냐
그런다고 쌍봉낙타가 단봉낙타 될까보냐
아니다아니다
내 나라 내 살점
울릉도, 독도다
이제 내 나라 쌍봉낙타다

최창균 1960년 경기 일산 출생. 1988년 《현대시학》으로 등단. 한국시협 상수상. 시집 『백년 자작나무숲에 살자』.

그대의 고향

― 독도를 위하여

편　부　경

서도에 앉아 그대를 적는다
섬은 넘어질 듯 위태롭지만
가볍고 둥글게 불어오는 바람
물결에 섞인 어미갈매기
울음은 애절하거나 사랑이다
물골 가는 구백 계단 넘어간 사람들 뒤로
바위담쟁이 현기증에 꽃망울이 터진다

어민숙소 방마다 어린 새들
시체로 누워 바람에 마르고
누가 덮다 두었을까
구석진 방에 이불 몇 채
눅눅한 뒤척임이 메말라 있다

이백 리 길 따라온 갈매기
갯바위 엉설에 작은 목숨들
여기는 진정한 너희 고향이다

108

나의 나라 동쪽 땅이다
눈을 들면 하늘 닿은
수평을 거느린 독도리 섬마을이다
곰팡이 슨 난간 그 품에서
백 년 같은 십여 분을 아늑하게 졸았다

*서도 : 독도는 동도, 서도로 나뉘어 있다.

편부경 1995년 월간 《조선문학》으로 등단. 시집 『깨어지는 소리는 아름
       답다』 『독도 우체국』 등이 있음. 한국시인협회 독도지회 지회
       장. 〈불시〉, 〈한결시〉 동인. 현재 독도리 주민으로 등재.

독도를 보고 와서

함 민 복

흔들리지 않는 뭍에서 우리가 흔들리고 있을 때
일파만파 격랑에도 독도는 흔들리지 않고 있었네
두 뿔로 미명을 들이받아 한반도에 햇귀 퍼올리며
녹두빛 소금물 뼁 두르고 정신 바짝 차리고 있었네

보았네

안중근 의사가 끊은 손가락 두 마디
이순신 장군의 눈동자 거북선 두 척

대한민국 사내들 우뚝 발기한 자존심의 좆끝
대한민국 여인들 태평양도 품으려 펼친 손끝

독도

아름다웠네 부끄러웠네
소금처럼
불처럼
썩지 말자 맹세했네

함민복 1962년 충북 중원군 출생. 1988년 《세계의 문학》에 시 「성선설」
        등을 발표하며 등단. 시집 『우울씨의 일일』 『자본주의의 약속』
        『모든 경계에는 꽃이 핀다』 『말랑말랑한 힘』이 있고, 산문집 『눈
        물은 왜 짠가』가 있음.

들어라 이 땅의 함성을
다시는 어떤 국치國恥도 용서하지 않는다

홍 윤 숙

어디를 어떻게 가고 있는지
무엇을 어떻게 해야 하는지
시간은 몇시인지 캄캄한 칠흑의 밤
앞은 보이지 않고 앞대일 언덕도 아득한데
돛을 잃은 배 한 척 물결에 밀려가는
이 땅은 사분오열 친북 반미로 출렁거리다
끝내 오랜 우방을 밀어내 버리고
이제 어떠한 국난도
우리의 안보 우리가 맡아야 하는
그 누구의 도움도 받을 길 없는 고립무원이 되어 버렸다
이때다 싶게 일본은 미국의 힘을 얻어
숨겨 왔던 침략의 야욕을 드러내어
잠자던 이 땅에 비수를 꽂았다

나는 기억한다 1933년 보통학교 1학년 조선어 시간에
소, 소나무, 소리도 낭랑하게 읽던 우리 국어 교과서를
하루아침에 눈뜨고 빼앗기던 그 슬픈 날을

치욕의 내선일체란 미명 아래

일본어를 국어라고 강압하며 질타하던 통분의 세월을

센진, 센진(鮮人-賤人)이란 조선인 아닌 천민이 되어

우리 아름답던 젊은날을 피눈물로 젖게 하던 치욕의 굴
레들을

10대의 사춘기를 몸뻬바지에 머리수건 동여매고

근로보국, 신사 참배, 방공훈련으로 날을 지새고

아버지와 아들들이 징용 징병 학도병으로

기약도 없이 끌려나가 돌아오지 않았다

마침내 가문의 뿌리인 성姓까지 말살하려고

창씨개명에 광분하고

짐승 같은 왜병들에게 고깃덩이 던져주듯

전국의 꽃 같은 처녀들을 줄줄이 끌어갔다

여자 정신대! 생살을 찢는 아픔, 그 아픔

이제 백발이 성성하여 너희 앞에 섰는데

너희는 어찌 손바닥으로 하늘을 가리느냐, 사람도 아닌
것들

그 와중에서도 우리는 살아남기 위하여 날마다
쌀배급 석탄배급 소금배급까지, 명절에 한 번
생선 한 토막 고기 한 덩어리 배급받기 위하여
몇시간씩 줄을 서는 치욕을 견디었다
저희들 내지인(內地人-일본인)은 앉아서 마음대로 사먹는
것들을
마침내 어느날 구둣발로 처들어와 놋그릇 공출이란
폭력적 수탈로 조석으로 담아 먹던 밥그릇 국그릇 수저
까지 약탈해 가고
조상 대대로 봉제사하던 제기까지 쓸어 갔다.

그 악몽 같은 기억 아직도 생생한데
이 무슨 철면피로 놓친 보물 아깝다고
다시 침탈의 칼날을 들고 일어나는가
저 아름답고 의연한 천년의 역사를 지닌 땅
독도를, 동해의 파수꾼 외로운 수비성守備城 우리의 혼을
오늘 한반도 삼천리 강토가 일어나 절규한다

비록 너희보다 작은 나라지만 작은 고추가 매운 것을 네가 모른다

꿈꾸지 마라 이 땅의 흙 한 줌 풀 한 포기인들

다시는 너희 발에 더럽히지 않으리니

매국노 이완용 송병준은 이제 없다

지난 세기 저 통한의 국치國恥 씻어내며 씻어내며

누만년 이 땅을 지켜나갈

독도는 살아서 펄펄 뛰는 우리의 혈관이다 심장이다 자존심이다

우리가 지킨다 7천만이 제 가슴 지키듯 우리가 지킨다

독도여! 아름답고 의연하고 영원하여라

홍윤숙 1925년 평안북도 정주 출생. 1947년《문예신보》로 등단. 예술원상, 문화훈장 등을 받음. 한국시인협회 회장 등을 역임. 시집『장식론』『타관의 햇살』『마지막 공부』등 다수의 저서가 있음.

혼자 부르는 노래

황 금 찬

끝이 없어라
하늘인가 바다. 그리고 구름인가
물새와 더불어 천 년의 벗이다.
내 이름은 독도獨島
울릉도 남동쪽에 자리하고 앉은 지
아! 아득하여라.

나의 의무는
융의를 갖추고 성문 앞에
의연히 서서
내 국체를 지키는
장검
활이요, 창이다
내가 여기 지킴의 의무를 다하고 있는 한
태양의 역사는 변하지 않는다.

하늘과 바다는 친구다.

야욕은 서로를 슬프게 한다.
나는 혼자 조국을 지키는
독도이다.
나의 큰 의무는
하나뿐이다.

황금찬 1918년 속초 출생. 1953년 《문예》지와 《현대문학》을 통해 등단.
월탄문학상, 대한민국문학상, 서울시문화상 등 다수 수상. 시집
『현장』『구름은 비에 젖지 않는다』『행복을 파는 가게』『옛날과
물푸레나무』『조가비 속에서 자라는 나무들』등 33권이 있음.

섬의 사상

허 만 하

　세계가 아직 젊었을 때 이글이글 끓는 분화구에서 흘러내린 선홍색 용암은 짙푸른 바다를 만들고 그 쪽빛 깊이에 몸을 담고 섬이 되었다. 광활한 아세아 대륙의 땅 끝에서 아름다운 계절의 반도가 태어나던 야생의 시절, 눈이 시린 감청색 물빛 한가운데를 저벅저벅 혼자서 찾아들어 우뚝하게 솟구친 의지의 바위. 갯바람에 그을린 지질은 어느덧 책갈피처럼 쌓이고 철따라 한반도의 풀꽃이 피고 지는 터전. 예각의 정상에서 흘러내리는 순결한 가슴을 찾아드는 갈매기 무리가 안식의 날개를 펼치는 섬. 산호 틈새 누비는 어족들 은빛 번득임이 섬 뿌리에 깃들이는 신화의 섬. 발목에서 부서지는 초록색 물결보다 더 맑은 목청으로 부르는 너의 이름. 독도. 무리를 떠난 고독한 사유 속에서 더욱 빛나는 사상. 아, 독도.

　허만하　1932년 대구 출생. 1957년《문학예술》추천 완료. 한국시인협회상 수상. 시집 『해조』『비는 수직으로 서서 죽는다』『물은 목마름 쪽으로 흐른다』등과 산문집 『낙타는 십리 밖 물냄새를 맡는다』가 있음.